佛繫愛情

何昊禧 著

目錄

自序

曾經有朋友問我，如何可以在愛情中渡過痛苦？

我告訴他，答案就是以苦渡苦。

我跟你一樣，是一個普通的平凡人，生活中也有曾經歷失意、氣餒的時刻，在愛情中也是一路跌跌撞撞地走過來，弄得自己傷痕纍纍。

在過去的感情中，我是一個很缺乏安全感的人。

即使走過了一段又一段的感情，但仍然沒有找到一個真正喜歡的另一半。

現在回想起來，其實我當時並不清楚自己真正的需要是甚麼。

我記得上一段感情是在二〇二一年結束的，當時我感到很迷失、不安，由於自小就跟家人去佛堂聽佛法，因此佛法總帶給自己一些親切感。於是，當我失意時，總會找一些法師講解佛法的片段去聽，安撫一下情緒。

有一次，法師在講解導致痛苦生起的成因，其中兩樣是「誤認人生總是在恆常狀態」及「誤以為世間的情色愛慾、享樂為快樂的泉源」。

當時，我很想從痛苦的漩渦中清醒過來，於是便嘗試把這些原因放在自己的感情中思考，再慢慢體會，然後漸漸發現了佛法所講的內容竟然十分生活化，也很驚歎佛法講中自己的各種生活心聲！就這樣，自己便開始慢慢去了解，探索佛法。

當接觸多了後，發現佛教中的「愛」，跟我們一直所認知的「愛」有很大的分別，也讓我體會到真正長久的平安、喜悅的愛是甚麼，甚至了解到愛，也完全不一定需要透過戀愛才能體會得到的。

所以，如何渡過生命中的苦？就是由自己的痛苦出發了。

在這本書中，請你跟我一起以開放的心，感受文字背後的意義，一起以佛法角度去理解及探索愛情的不同面向，把「愛」重新演繹。

第一章

從愛中覺醒

愛情裡的各種經歷，猶如一場又一場的夢境，皆是一瞬即逝。

可是，我們總沉溺於自己所幻化出來的夢境中，看不清它的本質。

從愛中覺醒，是我們為彼此的關係負起責任，也是真正的開始。

緣分

緣分，讓彼此在茫茫人海中相遇；

緣分，也決定一段關係最終是否能開花結果。

緣分，就如撲朔迷離的雲霧，總是讓人看不清、摸不透。

在初見時，不論是性格、外表、喜好等，對方就是給你一種很親切的感覺，或許是緣分的出現，讓你漸漸喜歡上對方了，然後付出愛、期待愛的回饋，希望幸福感一直保持著。

正因為深信「緣分」讓我們遇上，也相信「緣分」會令關係變得更好，於是你愈來愈投入，而這份愛也在不知不覺間開始變成了一種執著。

可是，當付出多了，愈希望得到回饋、把對方捉緊時，對方卻漸漸疏遠，「緣分」也隨之變淡。

緣分明明讓我們連繫在一起，大家卻漸漸地冷淡起來。

我們都需要誠實地問自己，這是緣分的問題嗎？還是我們都忘了一直在攀緣？

攀緣的意思，是希望自己的要求能被滿足而對某一對象不斷追逐。

明明一段關係正慢慢地走向尾聲，但我們卻以各種方式試圖扭轉結局，留住對方；明明對方已為你傾盡所有，但我們仍不知足，渴望得到更多。

我們以為這樣會為自己帶來真愛和幸福，或許只在假借緣分之名，透過攀緣滿足自己。

真正的緣分，沒有永遠的深，也沒有永遠的淺，

因為它一直都在變化著。

有緣則聚，緣盡則散。

無常（上）

甜蜜溫馨的時光，能否永遠停格在這一刻，不再變化？

「無常」是指世間一切的現象，包括物質及精神現象，皆在不斷遷流變異，生生滅滅，無一常住不變。

無常就是指，這世間上，沒有東西是永恆處於常態而不變的，就像美麗的花朵會凋謝，溫暖的春天也總會逝去，**一切都在不斷變化中**。

好的會變壞，壞的又會變好，好的亦會變得更好，感情也不外如是。

嘗試感受一下自己的心，今天的你跟初戀時的你有甚麼不同嗎？你們的關係又出現了甚麼改變嗎？

我們總希望關係會變好，變得更甜蜜，但當意料之外的變化出現時，我們卻感到失望、無力。

可是，我們都忘記了，無常的變化從來沒有阻礙我們之間的愛。

正如美麗的夕陽總會落下，但夕陽的吸引力並不會因而受損，你仍會期待它的出現，珍惜它的美好。感情也一樣，即使你明白大家不能時刻相見，或總有離別的一天，但無常不會讓大家不再相愛。

事實上，正因為無常的存在，我們明白感情沒有永恆不變的一刻，我們才懂得更珍惜對方的好，包容對方的過失；

正因為無常的存在，使我們能從關係中清醒過來，重新看到對方在生命中的意義。

無常，未必為我們帶來痛苦，痛苦只是因為我們從未接受無常，理解無常。

事實上，無常，更可為感情帶來無限的可能性。

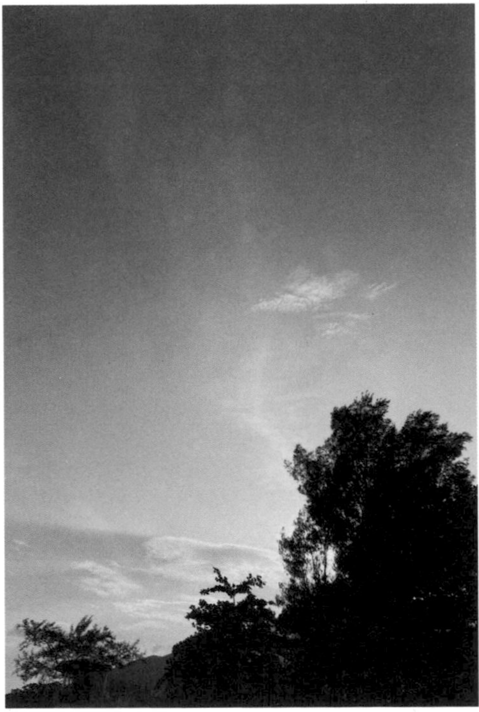

無常（下）

你對無常說：「無常，你為甚麼經常讓人受苦？」

「無常」微笑道：「我從沒打算為你們帶來痛苦，我只是希望為萬物帶來轉機與正向的變化，請把『無常是痛苦』的標籤放下。」

無常出現的原因，是由於因緣一直變化著。當因緣不斷改變時，事物便隨之而變化。正如你們的關係本來不上不下，但發生了一場爭吵及冷戰後，或許能讓大家更珍惜對方；亦因為無常，你可以選擇為雙方做一個更好的自己。

若萬事萬物都處於「有常」的狀態，你們便失去重來的機會，更不能從經歷中學習及成長。

若沒有無常，我們只會停留於過去某個時空的一刻；
若沒有無常，我們也不會相遇。

當你放下對世界「有常」的假設及不再把期望放在「有常」時，你便能看到無常的珍貴，你也不會再因無常而感到痛苦。

無常，教我們在當下中活好；

無常，教我們更珍惜跟對方相處的時光，

及生命的所有，

所以無常，是我們終生的老師。

快樂

還記得上一次感到快樂的時候是何時嗎？那種快樂的感覺維持了多久？一天、兩天、還是……只有數分鐘？

在《俱舍論》中，佛陀把苦的性質分為三種，其中一種苦是「壞苦」。壞苦是指我們快樂的感受並非永恆存在及很容易消散，**因此從世間上所得到的快樂感並非真正的快樂。**

然而，快樂，也可以是一種痛苦。

當你跟對方旅行時感到快樂，互相陪伴時感到很溫馨、自在。可是當旅程快將完結時，你卻開始感到不捨，不想離開對方，甚至對日後能否再得到這份幸福快樂而感到擔憂。

我們滿心期待每次的約會，不惜花時間悉心安排和打扮，為的只是跟對方短暫相聚。

可是，**當快樂過後，我們總要回到生活中，獨自面對生命的各種經歷。**

相見數天後，深情擁抱帶來的幸福感於不知不覺間變淡，我們再次想念對方留下的餘溫、想念對方的笑容，也十分渴望從下一次的見面中獲得更長久的快樂。

你有沒有想過，若對方能為自己帶來真實的快樂，那為甚麼見面後得到的快樂感總會變淡，如一瞬即逝的泡影？

其實，快樂的本質的確如此短暫，可是，**我們卻一直希望從短暫的快樂中獲得長久的快樂。**

就這樣，我們在人生中花了很多時間，不斷尋尋覓覓，試圖希望在短暫的快樂中找到慰藉。誰知這種快樂根本無法依靠，只是一場虛幻的鏡花水月。

要讓自己與對方獲得真正的快樂，

我們需要先認清「快樂」的本質，

並從中覺醒。

無明

我們的心，就如一個畫家，**不論過去、現在、未來所發生的一切，都是由自己的心所塑畫出來的。你選擇看到甚麼，便會看到甚麼。**

有時候，對方根本沒特別做些甚麼，你也可以因為一個行為或一句說話而胡思亂想，這些全都由我們主觀看待事物的角度所導致。

然而，在大部分情況下，我們所猜想的，甚至恐懼的事，根本從未發生。

我們所看到的，與現實往往並不相應，結果造成雙方不同的矛盾與誤會。

之所以看到的與感知，跟現實總有距離，是因為我們都帶著「無明」去了解這個世界，這是讓我們感到煩惱的根源。

「無明」是指，我們迷惑無知，對善惡因果不明白。

「無明」讓人感到痛苦，是因為它影響了我們的生活與人際關係，但請你別對此感到難過和擔心。

當你嘗試以正念面對與接受它時，你便會發現，每當「無明」出現，它只是一個善意的提醒，它在提醒我們需要對自己帶著更多的覺察，遠離讓我們經歷痛苦的行為。

「無明」，一直給我們每個當下重新選擇的機會。

「無明」，

也是讓我們從愛中覺醒的條件。

痛苦

難道我們之間，就只剩下痛苦，再沒有半點快樂了嗎？

當對方一直無條件地陪伴在你身邊時，他／她是如此觸手可及。所以，隨著時間的過去，你開始對其付出視為理所當然。

我們漸漸沒有珍惜及感謝對方所做的一切，甚至不知足，並一直渴求更多。

當對方這次給自己一個驚喜，我們期待下一個更特別的驚喜；

當對方這次遷就自己，我們期待下次會更被重視。

對方並非不好，只是我們總習慣了對方的好。我們渴望更多美好的事物一直發生，這種慣性的期望慢慢演變成一種貪執，貪愛無常的快樂、無常的愛。

結果，對方因為每次努力付出卻遭到無視而感到痛苦，而你，也因為渴求著的不被滿足而同樣感到痛苦。

其實，快樂並不是沒有存在，只是我們沒有看到和珍惜它，所以我們感到不滿足及痛苦。

一行禪師曾說：「消除痛苦，首先停止餵養痛苦。」

若我們希望在關係中消除痛苦，先要認清痛苦的根源——以為擁有更多的快樂會讓自

己遠離痛苦。事實上，這只會弄巧反拙地在愛中，為自己製造更多的煩惱與痛苦。

請嘗試放下感受痛苦的習慣，

在選擇痛苦和看見痛苦的同時，

也相信大家擁有的快樂與幸福，是一直存在的。

因緣和合

你以為眼前的結局是你一手造成的嗎？你是否曾想過，其實錯的未必是你？

因緣和合是指世間的萬事萬物不能獨立地出現，而是由「因」與「緣」配合而成的，當中需要依隨各種條件的結合，彼此都是相互依存的。

就如一顆蘋果種子，不能憑空讓蘋果出現，它的出現需要被不同的助緣條件所滋養，如陽光、水、大地、養份等。

可是，縱然集合了以上條件，也不代表蘋果樹能順利長大，因為有一些因素會窒礙它

的出現，就像是一場突如其來的大風暴，蘋果樹便會瞬間被摧毀，而這些事情卻是我們無法預料，更不能控制的。

也許你只隨口說了一句話，或做了一件事，便演變成分手的局面，所以你感到非常難過與自責。但我們不妨想想，為甚麼同一句說話，他人聽起來沒甚麼，但你的伴侶卻不能接受呢？

其實，最終的結果如何出現，及事件中的「緣」是十分重要的。

或許你的無心舉動，讓對方看到自己的弱點，或勾起往日的創傷，又或許分手的成因在於對方自身成長環境、感情經歷、自我價值等。

你不必把所有責任通通歸咎於自己身上。

雖然我們無法看清背後千絲萬縷的「緣」，

卻需要認清自己並不是促成這件事情發生的全部。

從事件中看到不同因緣的存在，

並不是要逃避自己該負的責任，

而是學會放下不屬於自己的責任。

第二章

怎樣愛

我們都渴望愛，卻不懂如何真正的愛，甚至在愛中不斷製造煩惱與痛苦……

請放下對愛的一切執念，用心體會如何去真正的愛。

無我

在一段關係中，我們總會不自覺地跟其他人較量自己的吸引力，當自己的條件比他人優越時會感到滿足；當自己比下去時，便會感到不安焦慮。

這些都是因為我們過於執著於「我」。

我們從小到大總被這個「我」標籤著：「我」是誰、「我」的性格是怎樣、「我」的職業是甚麼、「我」擅長做甚麼、「我」的外表是如何……

這些深刻的自我認知，也許是影響關係的枷鎖，令我們無法真正覺察自己的心

聲和需要，也是令我們的關係失去了幸福與快樂的原因。

那些對「我」的身分及有關「我」對自己的理解，大部分純粹只是世界給予我們的標籤，並不真正代表我們。

試想想，「我」其實真的是這樣嗎？當你深信，這是「我」的見解、「我」的情緒時，這樣有讓我們過更自在、把問題解決好嗎？

「無我」，並非否定我們的生命及存在，而是這個「我」一直受著環境的不同而改變著。事實上，沒有一個永恆不變而獨立的「我」，也沒有性格永遠不變的「我」。

「無我」，不是要讓你否定自己，而是放下種種有關於「我」的觀念及執念，
回歸當下，感受自己與對方真實的需要。

只有坦誠擁抱當下的自己，拋開各種標籤，這樣我們才可以好好照顧自己。
只有當自己感到幸福，才可為對方帶來幸福的可能。

「無我」，

是讓我們的心直接得到解脫、感受幸福的方法。

幻相

問題發生時，我們很多時傾向先認定錯誤是由對方引起的，然後把責任歸咎於對方身上。我們以為這樣能讓自己好過一點，然而，我們只會把自己囚禁在執著中，痛苦和恐懼仍然緊緊伴隨。

我們需要明白，任何事物都不能單憑某一條件而構成的。

一朵茂盛生長的花，單憑農夫的努力是不可能出現，它需要合適的土地、天氣、農作物等才能成就。

所以，我們都需要明白，一件事出現的原因，背後存在著很多的因緣條件，**有些**

因素是我們可以去努力的，有些則是我們不可預料、也難以控制的。

面對著讓你難過的狀況，**請不要被這個表相欺騙，請深思促成這個情況背後的原因，我們不可能把一切歸咎於某個人的某一刻上。**

培養一段和諧與喜悅的關係，我們需要先停止責備，認清大家內在真正的需要，深入觀察表象背後的因由與意義，學習把痛苦轉化為雙方的理解和包容。

要好好去愛護對方，先不要急著為一件事下定論，請敞開自己的心扉，放下好與壞的角度去理解它。

若我們希望在關係中感受真正的愛，

就應先以愛去理解自己以外的一切。

觀自在菩薩行深般若

錯愛

分開，不是大家不再相愛，而是我們用了錯誤的方式去愛。

我們總習慣用自己的標準來衡量對方的付出，期望對方能滿足「我」的需要、「我」的想法、「我」的感受，若對方不能滿足時，「我」便生起疑心、悲傷與煩惱。

這個「我」被無明所污染與蒙蔽，因而產生執著和分別。**若「我」只帶著固有的想法和己見跟對方相處，並要求對方按照自己的想法和計劃而做時，那麼，你必定會失望並受苦，因為這不會為我們帶來真正的愛與幸福，卻只會親手把一段美好的感情摧毀。**

就像你為了擁有草地上美麗的鮮花，於是把它摘下帶回去。你以為這樣便真正擁有了它，可是，鮮花不會因而變得美麗，反而會因失去養份而快速枯萎。

藉著「愛」的名義去佔有，只會讓愛情更快逝去，為自己製造空虛與不安。

要長久地愛下去，我們首先需要學習捨棄。

「捨」是佛教中四無量心的元素，「捨」不是放棄，而是捨掉執著和放下分別心，我們都需要捨掉對我們、對別人沒益處的習性，才能擁有更多的自由和快樂。

煩惱的出現，來自於對「我」所想、「我」所認為、「我」所相信的執著。

把「我」捨掉，

放下不必要的擔憂和恐懼，

幸福才會進入你的生命中。

離別

我們從此不會再分開，這是因為我們從來都沒有在一起。

我們以為這段關係是有開始和終結，大家是從不認識到認識。然而，其實從來**並沒有開始，也沒有結束**。

你以為對方是永遠屬於你的嗎？但在遇上你以前，對方的人生早已開始，已在努力地於生命中學習與成長。你亦如是。

你們，從來都是兩個獨立的個體。

正如雲朵在某個時刻會變成雨水，滋養大地與萬物後，便會再次蒸發為霧氣，成為天上的雲朵隨風飄揚，然後於某一天，又再次化作雨水，循環不息。

你跟對方本來是兩條獨立的平衡線，在某一刻相遇，是為了互相成就，從中體會與學習真正的愛；而離別的出現，代表著我們已準備把一切所學習到的，延續到生命的下一段旅程中。

若你真正的深愛著對方，請你放手讓對方離去，回到自己生命的道路中。

放心，這份珍貴的愛不會因此消失，反而會變得更長久。

離別，從來沒有阻礙這份愛的延續。

當想念對方時，種種的回憶足以給你溫暖，給你生命的養分；當你在這條曾經一起回家的路慢慢走著時，你踏的每一步就如重溫你們曾經美好的經歷，給你鼓勵和勇氣繼續走下去。

離別，

本來就是一種珍貴的愛與祝福，

這是一個圓滿的開始。

放下相遇與離別的概念，

你將把愛一直延續下去，

它是無限的，是超越時間與環境的，

從沒止息。

鏡子

「為甚麼你總是不能整潔一點！」「為甚麼你不可以快點回覆我？」「你總是在敷衍我嗎？」

我們或許會帶著這個疑問——為何相類似的人總在生命裡一直出現呢？

我們經常以為所遇到的人與事，是跟自己無關的獨立個體。當對方做了一些讓自己不滿的事，我們會先認為是對方的不是，甚至我們很容易因為對方的一句說話而變得難過。

同一句說話，十個人有十種不同的反應，有的朋友替你不值、有的朋友覺得你做錯了、有的卻沒有感覺。

事實上，那些眼前所看到、感受到的全都取決於我們的心，而外在的世界只是如實地投射出我們的內心世界，就如鏡子般，我們所見到的人與事，其實只是一幅自畫像。

當內心感到喜悅平安時，即使對方犯錯了，你也懂得理解和體諒；當內心感到悲傷失望時，即使對方如何取悅你，你也不會感到快樂。

我們總是在沒有認清這是事實還是自己的主觀投射前，便盲目認定了自己所看到和所想到的「影子」是真實。

結果，我們都相信了那些自我製造的故事，被自己的妄念欺騙而不自知。

在戀愛關係中，

對方就是一面鏡子，

你怎樣看對方，也反映著你如何看待自己。

對方，只是反映我們內心的一面鏡，

你給了甚麼，便會看到甚麼。

理解

當愛上一個人的時候，太多情感一時無法宣之於口，我們的思緒容易變得紛亂，未必能善巧地表達內心真正的想法，甚至使我們忘掉了如何去理解對方的需要。

有時候，我們在愛情中會感到患得患失，內心的小劇場接連上演。事實上，愛情並非如自己想像般複雜。**愛，只是一種純粹和簡單的理解**。

我們以為自己很理解對方，可是我們往往連對自己也缺乏真正的理解。例如，我們不理解為何自己會莫名地討厭某人，不理解憤怒的原因，甚至不理解自己在做甚麼，但我們卻一直期望別人能完全理解自己。

於是，在溝通時，我們總習慣談論自己，渴望得到更多的理解和關注，而非真切地回應對方的需要。

在佛教中，有一位廣為人知的菩薩名「觀世音」，觀世音是觀聽世間音聲的意思。觀世音菩薩是「慈悲」的化身，為了要對症下藥，她先要專注聆聽和理解我們的真實需要，才能給予相應的方法，讓我們從痛苦中得到解脫。

慈悲：慈是給予別人安樂，悲則是為別人拔除痛苦。

慈悲地理解，就是愛裡的重要條件。

當你在關係中陷入痛苦時，慈悲心讓你理解到，受苦的其實不只是你，對方也同樣地

經歷難過的時刻。

倘若你希望從對方身上得到快樂時，你需要明白，在這世界上，並非只有你自己希望得到快樂，事實上，所有人也同樣地渴望得到快樂，包括你最愛的人。

理解，是去除磨擦與誤會的方法，也是讓我們彼此重新連繫的力量。

當你真正愛一個人，

並希望為對方帶來快樂及減輕痛苦時，

請先放下自己的固有意見和想法，

真誠地聆聽和理解對方的處境和真正的需要。

這份愛，是由雙方的努力及付出而建立的，

它更需要雙方共同的慈悲聆聽與理解。

感恩

我們喜歡被愛，也渴望被愛。當習慣這種愛的感覺時，便自然希望這種感覺能一直保持著，甚至我們都曾經不自覺地，把別人對自己的愛視為理所當然。

其實別人對我們的愛，從來都不是必然的。

相遇，需要各種因緣條件的聚合才能成就。你的改變，將能為對方的未來帶來轉化；你所感受到的溫暖，也是由對方一點一滴的付出和心思而來的。

大家之間的愛，是相互依存的。若沒有對方，便不能成就這刻的你。

當看到對方的喜悅時，我們便感到快樂；當對方需要成長時，我們互相扶持，這是一種很簡單和純粹的愛。

一段幸福、長久的關係，來自於我們對彼此的感恩。

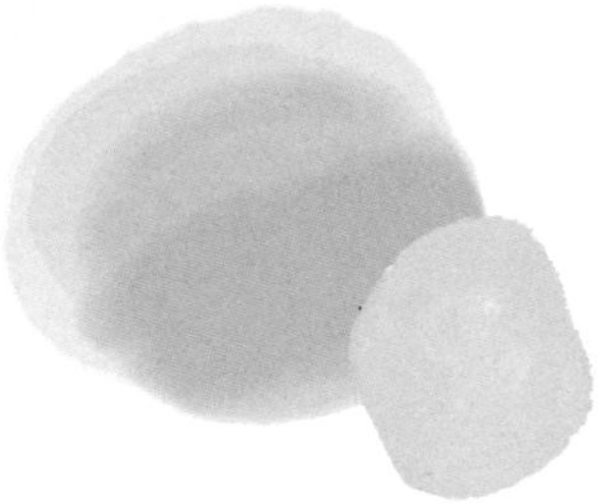

相遇，不是偶然的；

能一起走下去，更不是必然的。

我們的相遇，

是為了把彼此的生命轉化、變得更好。

別在乎能擁有多少，

更重要的是，我們如何看待所擁有的。

第三章 自愛

你花光了力氣去尋覓那個人，去愛那個人，那你自己呢？你又有多愛自己？

生命的一切所願，從不是由追求而來，而是吸引過來的。

用力追求，往往事與願違；用心吸引，美好的事物便在每一個當下，就在你的眼前。

當你願意愛自己、做回這個本來已具足一切的自己時，愛自然在你的身邊。

錯覺

我們感受不到真正的愛，是因為我們都誤會了獲取愛的方法。

我們對愛、對幸福都有自己主觀和既定的看法，然而那些概念不一定是源自於我們，而是受著身邊的環境所影響。

就像是情人節，當看到朋友跟伴侶甜蜜的合照時，我們都渴望自己能跟對方一樣，擁有完美的伴侶。

我們也習慣比較，例如當別人都在某個年紀找到結婚的對象、成家立室時，若自

己仍未做到，便會質疑自己，對自己的人生感到不滿。

就這樣，在各種周遭的關係和環境影響下，**我們在人生中或會漸漸變得迷失，甚至費盡心機達成某些目標後，最後卻發現不是自己真正想要的。**

事實上，**我們大部分的所思所想，都是帶著自己的主觀經驗和感受而決定，並與現實有一定的差距，而我們所經歷的痛苦大多由此而來。**

錯誤的思維會讓我們失去洞察事物的能力和智慧，也讓我們迷失於各種的境況中。

因此，當面對著各種不同的人和事，及自己的人生時，需要先由對方的幸福及愛護自己生命的角度出發，並學習認清甚麼才是自己真正的需要，與放下不合適自己的生活方式。

人生，是屬於你自己的。

請相信這個本來已具足一切的自己，

在每一刻，都能為自己與別人，作出最好的選擇。

執著

當我們過於依賴一個人時，會對「離別」感到害怕，也會擔心終有一天曲終人散，因而在愛中產生執著。

執著，是固守某些事物不放下，這是對某些事物或人的貪愛，貪戀。我們總希望透過執取各種在變化著的人與事而滿足自己的慾望。

執著的背後是貪，貪著外境帶給自己的快樂感受。就如當我們不願接受某些事情時，便會心生執著，希望改變結果。假如最終結局未如人意，便會心有不甘，心也在無形中被自己的執著所束縛。

執著造成磨擦，磨擦亦會造成雙方的痛苦。執著的原因，便是因為這個「我」沒有被滿足。

那究竟在這段關係中，你是喜歡這個「我」，還是喜歡對方呢？

若因為「我」的需要被滿足時才選擇善待對方，否則便埋怨及心生不忿，那麼或許我們只活在一種有條件的愛中。

有條件的愛會為我們帶來煩惱，而無條件的愛，是一種能無私包容、理解的大愛。

我們不會因為無條件的愛而變得卑微，反而正是這種愛，讓我們更能體會真愛的本質。

你真正需要的，

不是這份從我執而來的短暫快感，

而是回到內心無條件的愛中。

解脫

在一段關係中，「我想你使我幸福快樂」這句話，經常掛在我們的嘴邊。我們總期望對方能如何使自己快樂，往後的生命會因著對方而有怎樣的不同。

然而，我們很難要求對方完全合乎自己所想與計劃的，也無法確保關係中的每段路也能盡如人意。

當我們把快樂寄托在別人身上時，痛苦便會隨之而來。

每個人在生命的每一刻，都擁有自己選擇的權利，因此我們無法控制別人的思想和舉動。

當我們感到孤單，渴望被愛的時候，總會希望對方在自己的身旁陪伴著，可是，當對方不在時，難道我們就只能讓空洞感充斥著自己的心嗎？

若自己的內心缺乏了安寧與平靜，我們是無法要求外在的環境能調和好我們的心境。

若我們處於憤怒、索求的狀態時，無論別人如何安慰或道歉，情緒仍然會波動，矛盾混亂的思緒亦會不斷生起，內心仍然無法平靜下來。

其實你一直都擁有著感受幸福與快樂的能力。

請相信，我們的心本來就是平靜、喜悅的。

我們無需刻意追求甚麼，因為你本來已經很好。

重生

這個人，本來就是你此生該遇見的人。

無論這段感情帶來多少遺憾，多少快樂，多少悲傷，**一切都是生命中必然出現的。**

你或許會抱怨，為何上天要為我安排這些經歷，為何我的命運是如此的坎坷？

其實，命運從來不是由上天隨意安排或注定，而是由你的意念、行為所帶來的。

請記著，每段經歷總有它背後的意義。

快樂是必然的，它讓你學懂感恩對方、感恩自己、感恩萬物的成就；
失去是必然的，它讓你放下不再合適的人與事；
哭泣是必然的，它讓你釋放舊有的傷痛與壓力；
痛苦是必然的，它在引領你，踏進離苦之道。

你們之間的緣分，每天也因應各種因緣的變化而改變著，也許是你們的相處溝通方式、想法、人生方向等。

因此，**一段緣分，沒有永遠的淺，也沒有永遠的深。**

無論你認為這段緣分是善是惡，你對這個人深感怨恨，還是滿懷喜悅與感恩，要發生的事都已經發生了。

這段緣分，是你給自己的安排。

縱使我們無法追溯大家於今生相遇的因由，可是，當對方出現了，必然帶著背後深廣的意義。

我們沒有能力把已發生的事實逆轉，但我們卻可以放下自己舊有的習性，重新選擇讓心得到自在的方式去看待這一切。

我們無法避免在歲月裡受傷，

留下傷疤，

但我們的確已從荊棘中走過來。

當難關再次出現時，

請相信你絕對有足夠的勇氣去面對它們。

若你感到疲憊，無力面對時，只要看看在鏡子裏的自己，

你便知道，即使往後的日子變得如何，你是必然能走過的。

願在這本書裡的每個文字，都化作黑暗中的一點點光，照亮你的前路，如同你心中本有清明的佛性，一直照耀著，從沒離開。

你並非孤單一人，共勉。

後記與鳴謝：
當「佛系」不再佛系，是名真「佛繫」

「佛系」一詞源自於日本，是指看淡一切、甚麼也不在乎、沒有所謂。但佛教中的「佛」，是「覺者」的意思，是自覺覺他、覺行圓滿，即是自己有覺悟的能力；能化解煩惱、障礙，然後以這種能力去利益他人，讓別人跟自己一同覺醒與覺悟宇宙人生真理，喚醒真正的自我。

真．佛繫

佛教，從來不是教我們「佛系」躺平，不理世事，以「隨緣」之名而逃避人生，相反，

是透過努力修持佛法，讓本有的清明智慧與慈悲心顯現。正如我們的老師佛陀（釋迦牟尼佛）一生弘揚佛法，情繫眾生，強調因緣果報的重要性，勸勉我們努力善用因緣條件，但不執著得失。

鳴謝：「佛繫愛情」

在這裡，我很想衷心感謝看到這裡的您，與我一同經歷在愛情路上曾走過的高與低。

若沒有曾經在愛情中出現的經歷，便沒有「佛繫」這個 Instagram 專頁，沒有「佛繫」，我更不會有機會舉辦各樣的共修活動，認識所有的好同修，不會認識出版社的負責人，更不會成就這本書的出版了。

所以，我希望在這裡先衷心感謝慈山寺給予工作機會，讓我學習把佛法應用在工作與生活中；感謝啟蒙自己的法師（大觀禪師、見道法師、善淨法師、定培法師、定平法師、定照法師）、所有老師、嚴穗華博士（慈山寺副秘書長「社會服務」及佛法心靈輔導中心主管）的提攜與教導、校對的麥麗盈、對外聯絡的柳兒、行政工作的 Emily、生命中遇見的所有人。

感謝留意「佛繫」的每一位，更要感謝諸佛菩薩的引領，讓我受到祖父母與父母的佛法教導，並於二〇二二年認識到蜂鳥出版，成就了我這個寫作的機會，把我自己在佛法中所體會到的，分享給更多朋友。

最後，人生不可能盡如人意，處處美滿，但我總相信每個安排都帶著深廣的意義，一切都是最好的安排。

我就是依著佛法去學習，從人生的高高低低所走過來的。既然我可以，您也必定可以的。

願接觸到《佛繫愛情》的您，都能從佛法中得到利益，把生命活好。

願您在這裡找到本具的智慧、平安、喜悅。

願佛法久住於世，佛法明燈照遍世間，繼續利益無量眾生。

感謝，祝福。

佛繫見，

何昊禧 Raphael

（本書扣除成本的所有收益，均會用作支持「佛繫」青年佛教團體以各種生活化的方式分享佛法。）

佛繫愛情

作　　者　何昊禧
校　　對　麥麗盈
責任編輯　吳愷媛
書籍設計　WhitePlainNoodles

蜂鳥出版
HUMMING PUBLISHING
在世界中哼唱，留下文字迴響。

出　　版　蜂鳥出版有限公司
電　　郵　hello@hummingpublishing.com
網　　址　www.hummingpublishing.com
臉　　書　www.facebook.com/humming.publishing/

發　　行　泛華發行代理有限公司
圖書分類　①佛學　②心靈勵志　③自我成長
初版一刷　2023 年 6 月
二版一刷　2023 年 8 月
定　　價　港幣 HK$88　新台幣 NT$440
國際書號　978-988-76388-4-1